Die werte *Lady* lässt sich gern...

3

Monaka Morinaka

INHALT

STORY

◆ Die wohlbehütet aufgewachsene Momoko ist in ihren Nachhilfelehrer Natsuki verliebt. Sie bemüht sich, eine Frau zu werden, die seinem Geschmack entspricht. Doch wenn sie in ihren Nachhilfestunden einen Fehler macht, bekommt sie von Natsuki den Hintern versohlt! Als wäre das nicht schon genug, fällt ihr bald auf, dass diese Art der Bestrafung sie sogar erregt, was sie in eine Krise stürzt. Doch zu ihrer Überraschung scheint Natsuki das sogar zu gefallen. So werden die beiden ein Paar.

◆ Seitdem eskalieren die erotischen Bestrafungen Natsukis noch weiter! Zu allem Überfluss ist auch noch Natsukis älterer Bruder aus dem Ausland zurückgekehrt und rückt Momoko ganz schön auf die Pelle …

Momoko Hojo ◆ Ein junges Fräulein, das an einer berühmten Frauenuniversität studiert. Sie ist stets bemüht, für Natsuki eine elegante und vornehme Lady zu sein.

Natsuki Ayakura ◆ Momokos Kindheitsfreund und Nachhilfelehrer. Obwohl er behauptet, Momoko zu einer unschuldigen Vorzeigedame erziehen zu wollen, erteilt er ihr alles andere als unschuldige Lektionen …

10.
KAPITEL

1965

... dass wir als Paar einen Schritt weitergehen.

Deshalb möchte ich ...

Ich liebe ihn so sehr ...

Aber ...

... wäre es nicht vulgär von mir, ihm so etwas zu sagen?

Ich weiß nicht, was er dann von mir denken würde.

Hm ...

... hatte mich vor seinem Bruder Haruichi gewarnt.

Natsuki ...

»Halte dich von Haruichi fern.«

Schreck

Oh ...

Hallo?

Aber ich darf das nicht!

Wegdreh

Aber natürlich ...

Wenn jemand Natsuki kennt ...

... dann sein Bruder!

Pack

Tut mir leid, aber ...

... ich brauche erst eine Erlaubnis!

Eine Erlaubnis?

Treues Hündchen ...

Offenbar hat er Momo schon ganz ordentlich dressiert.

Strahl

Winsel Winsel

Bitte lass ...

...mich los!

TRÄN

Natsukis Erlaubnis!

Ich will nämlich sein treues Hündchen sein!

Alles in Ordnung hier?

Ähm ...

Handy

He, mein Handy!

?!

Nehmen Sie das ...

... und bringen Sie es ins Hotel von gestern.

SCHNAPP

Faszinierend.

WACKEL

WACKEL

Hach ...

Ein Bild von unserem Date ...

Sie ist so süß.

...

Ich halt's nicht aus.

FREU FREU

Weil ich heute wieder mit Momo lerne.

Aber hast du nicht viel zu tun?

Dann bekämst du mehr Schlaf.

Du könntest jemanden engagieren, der das übernimmt.

Aha!

Aber diese Nachhilfe ist mein Lebenselixier.

Hm?

QUIETSCH

Herr Ayakura ...

Ähm ...

Eben war sie doch noch in der Nähe des Hauses.

Frau Honda!

Seltsam.

Sie sind nicht bei Momo?

Dabei hatte ich Sie extra darum gebeten.

Es ist so ...

Der Wagen, mit dem sie fahren sollte, war defekt.

Danke für die Auskunft.

Na schön ...

T... Tut mir leid!

ZUCK

... aber dann habe ich sie kurz aus den Augen verloren und sie war schon weg.

Ich wollte sie mit einem anderen Wagen losschicken ...

Haruichi, was ...

Was soll das werden?

So ein Benehmen ...

... wird Natsuki nicht elegant finden!

Ich kann mich nicht bewegen.

PISCH

Aaaah?!

ZURR

ZURR

Zitter

Zitter

... sehr streng erzogen, weil ich ...

Als Kind wurde ich ...

Wäre natürlich schön, wenn ich dich von mir überzeugen könnte ...

... das Erbe der Familie antreten sollte.

... aber wenn nicht, kann ich mich immerhin an Natsukis Reaktion erfreuen.

TUSCHEL

Der arme Junge ...

Streng dich an!

Du bist doch der Ältere von euch zweien.

TUSCHEL

Er ist der Ältere ...

... und wird doch übergangen.

Aber dann kam mein kleiner Bruder, das Genie, und mein Vater nahm mich nicht mehr wahr.

Damit war ich ...

... und fühlte mich
meinem Bruder
gegenüber
schuldig.

Ich kann
tun, was
ich will!

... absolut
frei ...

Jawoll!!

Willst
du mit mir
spielen ...

... und
Dampf
ablassen?

Hey,
Natsuki! Du
hast ziemlich
viel Stress,
oder?

Mir ist
eigentlich
alles recht.

Wirklich
gestresst
bin ich
nicht.

Vielleicht
weil ich mich
all die Jahre
wie gefes-
selt gefühlt
hab.

Ach ...

Ich baue
Stress ja am
liebsten mit
Seilspiel-
chen ab.

Strahl

Strahl

Und
du?

Dieser Gesichtsausdruck ...!

Dieses Mädchen hat seine weiche Seite geweckt!

Das seh ich bei ihm zum ersten Mal ...

Ihre Tränen bereiten ihm Freude ...?

Spannend ...

Hm?

Lins

Ich mag aufregende Sachen, weißt du?

Wie aufregend!

Jetzt kann ich mir sicher sein, dass er mein Bruder ist.

Wir ähneln uns.

Deshalb musste ich gleich herkommen, als ich gehört hab, dass ihr ein Paar seid.

Mein Bruder liegt mir näm- lich sehr am Herzen.

Mir doch auch!

...

Also lass mich bitte gehen!

Die werte *Lady* lässt sich gern
den *Hintern* versohlen

Husch

Du musst dich entschul- digen, weil du Natsuki ...

Na los!

... ent- täuscht hast.

!!

Oh ...

KLAPPER

KLAPPER

Es tut mir ...

Es tut mir leid, Natsuki ...

Urgh ...

Au ...

Bist stärker geworden ...

KAWAMM

Zusammensack

Na-
tsuki
...

KÜSS

KÜSS

Hah...

Er hat
dir so viele
Tränen
entlockt.

Tut mir leid,
dass du das
mit ansehen
musstest.

Tut dir
irgendwas
weh?

KÜSS

...!!

Drüüück

Ah...

SCHHHH

Hn
...

ZUCK
ビクッ

Das ist doch ni...

Verbeug
すっ

Ich bin zwar froh, dass er hier ist ...

Aber ...

... die Natsuki sicher hasst!

Jetzt bin ich zu einer vulgären Frau geworden ...

Es tut ...

Zitter
カタ

ZITTER
カタ

... mir so leid!

カタ
Zitter

Dich wird niemals wieder jemand anders berühren.

Aber ... nicht doch.

Plumps
Ah ...
Hah ...
Hah ...
Nein ...
Bitte warte ...
Küss
Drück
Küss
Küss
Hn ...
Zuck
Hnnn ...

Klack

Hah...

Hn...

Hah...

Dieses Apartment...

Schwächel

Hier können wir zusammen leben. Für immer.

... hab ich für uns ausgesucht, Momo.

...?!

51

Hah...

Hah...

Zitter
Zitter

»... dass du keine vulgären Einflüsse von außen auf- nimmst?«

»Ist es nicht so, dass er sehr darauf achtet ...«

... ver- schiedene Sachen an- trainiert hast.

Dass du mir ...

Auch wenn ich nicht alles verstanden habe ...

Ah ...

GLITSCH

Schlipp

Hn ...

Ach, hat er das?

Und er hat von deinen Vorlieben erzählt.

Ah!

Ah!

... so viele Gedanken gemacht hat ...

Schlipp

Hah...

Hah...

»Wenn es stimmt, dass Natsuki sich meinetwegen ...

Schlipp

Wie ich da- rüber den- ke?!

GLITSCH

Ah ...

Und wie denkst du darüber?

Poch

Poch

...dann wäre das ja...

...ein absoluter Traum!

Hah...

Hah...

Hah...

»Jetzt, wo du nicht mehr seine perfekte Puppe bist ...«

»... wird er sich vielleicht eine andere suchen.«

»Hier darf dich niemand außer mir berühren.«

Aber jetzt ...

Hah...

Hah...

Ah ...

Tut mir leid ...

Ah!

Hnnn ...

Bitte verzeih mir!

Glitsch

Glitsch

Peit-
schenab-
drücke ...

Ah
...

*Er hat meine
Momo ausge-
peitscht.*

Wir müssen
uns um deine
Verletzungen
kümmern.

*Dabei ist es
schon schlimm
genug ...*

*... dass er mir
wertvolle Zeit
mit Momo
geraubt hat.*

Das hat
sicher
wehge-
tan.

Ja...

Ich hab es gehasst.

TRÄN

PISCH

zuck

zuck

PISCH

Natsuki, kannst...

Aber ich kann...

... es immer noch spüren.

Momo?

Und ich will es schnell wieder vergessen.

Ich will stattdessen lieber...

Würdest du mir...

... Schmerzen spüren, die Natsuki mir zufügt.

... bitte den Hintern versohlen?

Schreck

W...! Was rede ich denn da?!

Nein ...

Vergiss, was ich gesagt hab!

Wie kommst du jetzt darauf?

Hat dir die Peitsche nicht genug Schmerzen bereitet?

... kann ich so was Schamloses doch nicht sagen.

Nur weil ich das Gefühl loswerden will ...

Verstehe.

»Würdest du mir bitte den Hintern versohlen?«

Schreck

Nein ...

Vergiss, was ich gesagt hab!

Was hab ich da Schamloses gesagt?!

Oh nein, was hab ich ...

... Haruichis Peitschenhieben vergessen wollte ...

Nur, weil ich das Gefühl von ...

Natsuki ...?

...

Na gut.

Dann tu ich es.

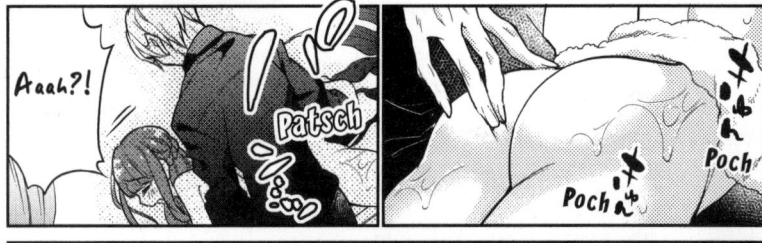

... dich erregen ...

Damit nur meine Schläge ...

Hh...

Hah...

Ah!

Hah...

Sieh mich an, Momo.

Poch

Ah ...!

Hah...

... musst du mich ansehen und mir sagen ...

... dass du mich liebst.

Hah...

Poch

Wie kann es sein, dass nur Natsukis Hände ...
... das mit mir machen können.
Zitter
Zitter
D...
Danke ...
Uh ...
Uuuh ...
Ich liebe dich.
Ich bin schon so lange ...
... an seine Berührungen gewöhnt ...
Ich kann mir gar nicht mehr vorstellen ...
... dass sie in mir etwas anderes als positive Gefühle wecken könnten.

All die Zeit ...

Wie erbärmlich von mir ...

Ich enttäusche ihn so.

Womöglich will er mich gar nicht mehr!

Ich frage mich, seit wann ...

Tätschel!

Tätschel!

!

80

Und obwohl

... ich ihn schmutzig gemacht hatte, sagte mein Prinz Folgendes zu mir ...

PANIK

TRÄN

...

Du solltest es nicht zurückhalten.

Was ...?

Wenn du weinen willst ...

... kannst du das bei mir jederzeit tun.

»Hör auf zu weinen, Momoko.«

»Das ist hässlich.«

Wenn du weinst ...

... siehst du unglaublich hübsch aus.

Trän

Brav,
brav.

Von da
an ...

Bär-
chen?

Du
bist wie
das Bär-
chen.

Uuh
...

Freu

... und traf
Natsuki
jeden Tag
zum Tee.

Freu

... wurde ich
nicht mehr
gehänselt ...

Mit einer Pilgerreise vielleicht?

Wie kann ich meinen Körper wieder reinwaschen?

Zitter Zitter

DÖS

... enttäusche ich ihn so ...

Ich kann ...

... nicht mehr gut denken.

Hah ...

Hah ...

Ich weiß einfach nicht, wie ich ihm meine Treue beweisen soll.

Es bringt nichts.

!

KLAPP

Hah ...

Hah ...

Ich will bis zum ...

... Schluss mit ihr gehen ...

Hah ...

Schließlich gehört sie mir.

Aber ...

Hah ...

Aber es in diesem Zustand mit ihr zu tun ...

Hah ...

Hah ...

Hah ...

Hah ...

... wäre eine rein physische Sache.

Wir sind gerade nicht auf einer Wellenlänge.

DRÜCK

Also dann, Momo ...

Am nächsten Tag

Ich gehe mal.

Ich hab etwas Wichtiges zu erledigen.

Quietsch...

Es ist so ...

... Herr Hojo ...

Batamm

Wir müssen uns bald einmal ausführlich unterhalten.

Murmel

Sie sollten sich ein wenig mehr um Momo kümmern.

...

Es ist eigentlich unglaublich ...

... wie sehr sie mir vertrauen.

Ach, nichts. Bis bald!

Kürr

Hm?

Ich dachte wirklich, er würde sich etwas mehr Sorgen um seine Tochter machen.

Tock

... nicht einmal aufgefallen, dass Momo eigentlich gar keine Nachhilfe mehr braucht.

Auch als Studentin.

Braucht sie!

Schließlich ist ihnen ...

Prima.

Verstehe!

Zwei Jahre zuvor ...

Aber ...

... nur, weil ihre Eltern ihr ...

... hat sie sich mir zugewandt.

... so wenig Nähe gaben ...

Weil sie vor ihren Eltern nicht weinen konnte ...

... kam sie oft zu mir.

Wäre das anders gewesen ...

... hätte ich sie nur schwer für mich gewinnen können.

Die Tränen über ihr zitterndes Gesicht fließen zu sehen ... So hungrig nach Liebe ...

Einfach wunderschön.

... alle Liebe geben, die ich aufbringen konnte.

Ich wollte ihr ...

BIBBER

BIBBER

Wuuuaaah!

Ich habe alle vertrieben, die sie zum Weinen brachten.

...

Flirt Flirt

?

Todesblick

... und auch die, die sich ihr anbiederten.

Gut so.

Strahl

... ich keinem anderen.

Diese Freude überlasse ...

Dreh

?

... Momo alles beibringen.

Hm?

...

Ich sage zwar immer, dass ich es für Momo tue, aber eigentlich tue ich es für mich.

Freu

?

Freu

Dreh

... was sie im Unterricht lernt.

Ich würde es gern bei dem belassen ...

Und warum?

Ääääähmmm ...

... in so einen verliebt ...?

Momo ... Warum bist du ...

Weil ich ihr alles selbst beibringen will.

Danke!

Sei aber gut zu ihr.

N...

Na gut ...

Mein Vater arbeitet in deiner Firma, da kann ich ja schlecht Nein sagen.

... und das.

Das hier ...

... und das ...

Momo wird ab jetzt bei mir wohnen.

Also sollte ich für ein angenehmes Ambiente sorgen.

Sind das alles Geschenke?

In Ordnung.

Ja.

Ah, und das dort.

Das da auch, bitte.

105

Die Frau, die von einem Prinzen wie Ihnen ...

... so viele Geschenke bekommt, kann sich glücklich schätzen!

Quietsch

Pamm

Fleh

Natsuki!

Natsuki
...

Warst
du brav?

Oh ...

Bitte
nimm es
weg!

He
he ...

Was da
unten ...

Das,
was ...

Was
meinst
du?

Wenn mich so ein Anblick erwartet ...

So wunderschön ...

Ich soll es einfach wegnehmen?

zitter

zitter

Hah ...

... wird mir ganz heiß.

J...

Hah ...

Hah ...

Ja ...

Bitte nimm es ab ...

SCHLUCHZ

Hah ...

Ich hatte gehofft, sie bettelt mich mehr an.

zitter *zitter*

Hah...

Hah...

Aber sie hält sich zurück.

Die Ärmste...

Hah...

Hah...

Hah...

Sie ist eingeschüchtert.

Schluchz

Und das alles, weil ein vulgärer Mann es auf sie abgesehen hatte...

Ich dachte, ich könnte sie dazu bringen...

... auch meine unschönen Charakterzüge zu lieben.

Schreck

zitter
zitter

...

Aber das ist wohl nicht so leicht.

Hah ...

Bin ich etwa ein wenig entmutigt?

Hah ...

Was ist los mit mir?

Die werte *Lady* lässt sich gern
den *Hintern* versohlen

... nachdem
Natsuki
Momo ...

... auf sein
Zimmer
gebracht hat

Am
nächsten
Morgen
...

116

Ah.

Guten Morgen, Momo.

...?!

...

Ach
ja ...

!!

Wo bin
ich?

Nanu?

In
meinem
Zimmer.

Er hat
mich gestern
vor Haruichi
gerettet ...

... und
herge-
bracht.

Stattdessen hab ich dafür gesorgt, dass er mich nicht mehr leiden kann.

Ich wollte doch nur mehr über ihn herausfinden.

Zitter Zitter

Uh ...

Momo ...

...

Uh ...

Ich hab ihn enttäuscht.

Aber putz dir erst die Zähne.

Bitte wein nicht.

Im Flur rechts.

Dampf Dampf

O... Okay ...

Iss etwas, dann geht's dir besser.

Hier.

Ich will im Erdboden versinken.

... dass ich damit abhauen könnte.

Äh, Natsuki?

Diese Kette ist so lang ...

キャ OJE キャ OJE

Total lang!

Nicht doch!

Sie reicht nicht bis nach draußen.

Aber du kannst dich mit ihr durchs Haus bewegen.

...

?

Ach so. Okay.

Was für eine seltsame Situation ...

So süß ...

122

Natsuki ...

Na...

STARR

Okay!

Das hier ist deine Zahnbürste, ja?

Lächel

Lass dir ruhig Zeit!

Summ

Summ

Dampf

Dampf

Natsuki ...

...

He he ...

Es war schon immer mein Traum ...

... dir Frühstück zu machen, während du schläfst.

Er ist ...

... nicht wütend?

...!!

Happ

J...Ja ...

Natürlich ...

Iss!

SCHWÄRM

Momo?

Setz dich.

... lebt Natsuki ...

... also allein.

Außerdem ...

Ja ...

Eigentlich ist das nicht der richtige Zeitpunkt für Nostalgie, aber ...

... in Natsukis Bett schlafen.

So wie früher ...

... durfte ich gestern ...

TRÄN
TRÄN
TRÄN

Zeitverzögerte Emotionen

Eine Strafe?!

... dass du so etwas benutzt.

Eigentlich will ich nicht ...

Aber was hat das zu bedeuten?

Also war das gestern doch real.

Schwank

Hah ...

Ich bin so unsicher.

Hah ...

Er bestraft mich.

Heißt das, er gibt mir noch eine Chance?

... sich nur zu einer bestimmten Zeit einschalter.

Ich hab ihn so eingestellt, dass er ...

Oder verlässt er mich, sobald er fertig ist?

131

Hör gut zu, Momo.

Aber du darfst nicht kommen.

Es wird sich gut anfühlen, wenn er vibriert.

Du musst tapfer sein.

A...A... Aber...

zitter zitter zitter

Du weißt, was ich mit kommen meine, oder?

Das ist der Moment, in dem du dich am besten fühlst.

Und sie hat mich schon abgewiesen.

Tut mir leid.

Bitte nicht!

Sie weiß jetzt, wie ich bin ...

... sie wieder dazu bringen, sich nach mir zu sehnen.

Ah...

Hn...

GRÜBEL

Aber irgendwie muss ich ...

... und heize ihren Körper auf.

So stimuliere ich sie gerade genug ...

... dass sie nicht zum Höhepunkt kommt ...

Ah ....?!

Bvrrr

Zuck

Aaah ....!

Zuck

Ich halt das nicht aus!

Ah ....

Wenn ich dann zu ihr nach Hause komme !!!

Das ist mir ...

... pein- lich.

Zuck

Aaah ...

Hah ...

Zuck

... erlöse ich sie.

Hah ...
Aufsteh
Hah ...
So, ich mach mich dann ...
... mal auf den Weg, Momo.
Zitter
D... Du gehst weg ...?
Zitter
Ich hab ...
... etwas Wichtiges zu erledigen.
Etwas ...
Hah ...
... Wichtiges?
Ah!
BIND
Zuck
Ah ...!
Keine Sorge, ich bin bald wieder zurück.
Zuck
Küss
Ah ...
Ah ...

Batamm

バタン

Du kannst mich doch ...

Wa...

Warte bitte!

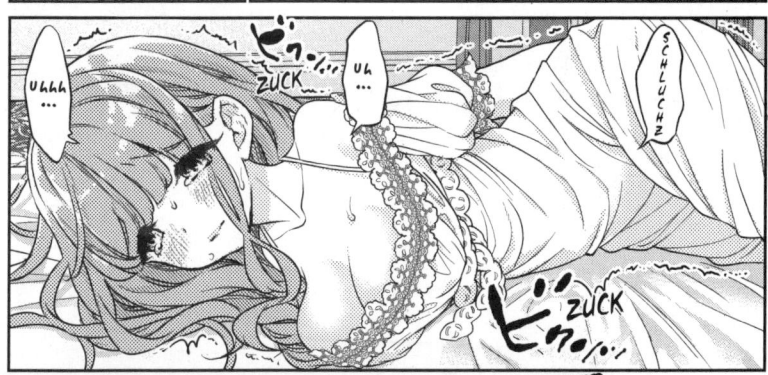

Uhhh ...

ZUCK

Uh ...

SCHLUCHZ

ZUCK

Ich darf nicht kommen, hat er gesagt.

Hah ...

Burrr

Hnaah ...

Ah!

Hah ...

Offenbar kann ich nicht die Frau sein ...

... die Natsuki sich wünscht ...

Dass sich so ein perverses Spielzeug ...

... gut für mich anfühlt.

Hah ...

Ah ...

Hnnn ...

Hah ...

Uh ...

Ah! Ah ...

RUTSCH

... dass ich eine würdige Partnerin sein kann!

... kann ich ihm vielleicht beweisen ...

Aber wenn ich es aushalte ...

Uh ...

Hah ... Aaah ...

Hah ...

HICK

Zitter Zitter

Wenn das alles ist, was ich tun muss ...

Für Natsuki schaffe ich da...

Ah!

Bvrrr

...

Hah ...

Hah ...

Momo ...

Ah ...

Ah!

Trän

Ich darf nicht ...

Aaah ...

ZUCK

Sonst will er mich nicht mehr.

Ich darf es nicht genießen.

ZUCK

»Böses Mädchen.«
...!!
Ah!
Hah ...
Hah ...
FLTSCH
FLTSCH
ZUCK
ZUCK
Aaah!
Als würden diese Bewegungen ...
Aaah ...!
POCH
POCH
... von ihm stammen.
Ich fühle mich mit Natsuki verbunden.
Aaah!
FLTSCH
FLTSCH
Das macht mich ganz ...

Hah...

Hah...

Hah...

Nein ...

Nein ...!

Ah ...

Nein ...

Ah ...

Ich muss es ...

... aushalten.

Wind

Wind

Jetzt ist er an meinen ...

... Po gerutscht.

zitter

Ah!

Ah ...!

Tut mir leid ...

Bitte ...

ZUCK

Hah...

Hah...

ZUCK

Brrrr

Uh!

Ah ...!

PLATSCH

Uh ...

... gar nicht zu Hause.

Uh ...

Ach ja, ich war heute Nacht ...

Brrr

Ah!

Ö DÖS

Ich muss meine Eltern anrufen.

Uuh ...

Trän

... immer bei mir ...

Bisher war er ...

Uh ...

Hah ...

Hah ...

Trän

ZITTER

ZITTER

... wenn er mir gute Gefühle bereitet hat.

Dass er mich jetzt allein lässt ...

... muss bedeuten, dass er sehr wütend auf mich ist.

Hn ...

Ah ...

Hah ... Hah ...

Hah ...

Hah ...

Was für eine ...

... wichtige Sache er wohl erledigen muss?

Hah ...

»Wenn seine Puppe nicht mehr perfekt ist ...«

Hah ...

Und doch ...

Ich bin traurig.

... fühlt sich das so gut an ... warum?

ZUCK

Hah ...

Hah ...

ZUCK!

Trän

»... sucht er sich vielleicht eine andere.«

Momo ist bei mir.

Während-dessen ...

... ist Natsuki bei Momos Eltern.

Okay!

Die wichtige Angelegenheit

zitter

Nein ... Nein ...

Tropf Tropf

Aber bitte ...

Ich tue alles!

!!

Krrr

BATAMM

Uh ...

Uh ...

..überall
berührt.

Erröt

... will ich,
dass er
mich ...

J...

Ja ...

!!

Oh

...

Na gut,
dann mach
ich das.

Aber
das kann
ich ...

..jetzt
nicht von ihm
verlangen.

Gleit

Ach
ja ...

Wegen
Haruichis Aus-
stellung ...

FTSCH

ZITTER

Ah
...

...

... Bilder
gefallen?

Haben
dir seine
...

Hah
...

Hah
...

Hah ...

Hah ...

Tran

Röt

Hah
...

Hah
...

POCH

POCH

Sie
waren
alle toll.

J...Ja ...

Hah
...

... konnten
mich noch
nie ...

Haruichis
Bilder ...

Aha.

AUFSTEH

... so
wirklich
berühren.

Ich weiß
nicht ...

... und bin nicht mehr rein.

Aber ich ...

... wurde von Haruichi berührt ...

Was?

Und ich dachte, du würdest ...

... mich abstoßend finden, weil ich pervers bin.

Das hat er sich aus der Nase gezogen.

Glaub ihm kein Wort.

Was setzt er ihr für Flausen in den Kopf?!

?

Brodel

?!

Und ich wusste nicht, was ich dagegen tun sollte.

Aber ... Ich dachte, du wärst sauer auf mich.

Dass du mich zu einer Maso-chistin machst und so ...

Reib

Haruichi hat so viele seltsame Sachen gesagt.

Aber du bist kein Perverser.

Und selbst wenn ...

... ist mir das egal.

Wenn du nur mit mir perverse Sachen tust ...

... macht mich das glücklich.

... dass du ...

Es freut ...

... mich so ...

Für Momo tue ich alles ...

... um eine Welt nur für uns zwei zu erschaffen.

... mich noch magst.

Hn

Hn

Hn

Ich werde sie noch lüsterner machen ...

... bis sie nicht mehr aus meiner Welt entkommt.

Ah ...

Ah ...

Hff ...

Ah ...

KÜSS

KÜSS

KÜSS

KÜSS

Wa...

Sag mir, wo es sich gut anfühlt.

Sag schon!

... dir endlich auch gute Gefühle bereiten.

Jetzt kann ich ...

Ich bin so glücklich.

Poch Poch

WACKEL

Schluck

WACKEL

Mo...

Momo ...?

Warte kurz.

162

DIE WERTE LADY LÄSST SICH GERN … BAND 3 – ENDE

Die werte *Lady* lässt sich gern
den *Hintern* verschlen

Autorenkommentar

Monaka Morinaka

Danke, dass ihr Band 3 von *Die werte Lady lässt sich gern den Hintern versohlen* gelesen habt. Ich mag es total, wenn Natsuki Momos Haare anfasst, deshalb will ich mit verschiedenen Frisuren experimentieren. Diesmal trägt sie wieder eine Flechtfrisur, ähnlich wie in Band 2. Wer weiß, wenn ihr das hier lest, bin ich vielleicht gerade dabei, mir weitere Frisuren anzusehen, die ich Momo verpassen kann. Dann kann Natsuki noch mehr mit ihnen herumspielen!

Die werte Lady lässt sich gern den Hintern versohlen

TOKYOPOP GmbH
Hamburg

TOKYOPOP
1. Auflage, 2023
Deutsche Ausgabe/German Edition
©TOKYOPOP GmbH, Hamburg 2023
Aus dem Japanischen von Christopher Derbort

OJOSAMA WA OSHIOKI GA SUKI Vol. 3 by Monaka MORINAKA
©2019 Monaka MORINAKA
All rights reserved.
Original Japanese edition published by SHOGAKUKAN.
German translation rights arranged with SHOGAKUKAN
through The Kashima Agency.
Original cover design: Kanai Design Room

Redaktion: Sabine Scholz
Lettering: Vibrant Publishing Studio
Herstellung: Alina Kronenberg
Druck und buchbinderische Verarbeitung:
CPI – Clausen & Bosse GmbH, Leck
Printed in Germany

Wir achten auf die Umwelt.
Dieses Produkt besteht aus FSC®-zertifizierten
und anderen kontrollierten Materialien.

ISBN 978-3-8420-8265-6

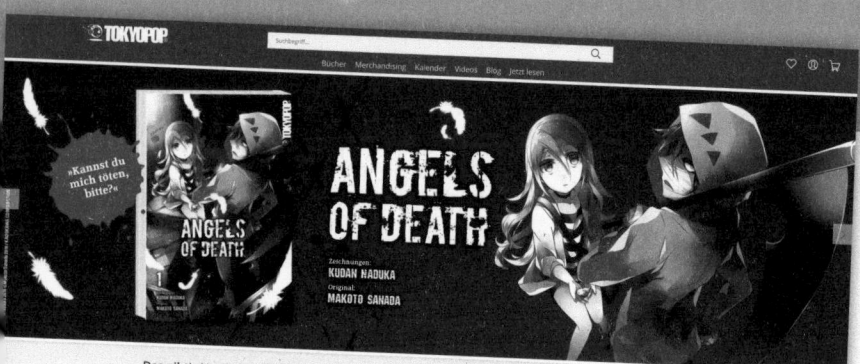

I ♥ SHOJO
少女漫画が大好き

Erlebe die Welt von I LOVE SHOJO und tauche ein in ein buntes, romantisches und verspieltes Vergnügen auf www.iloveshojo.de!

News und Infos rund um die wunderbare Welt der Shojo-Titel von TOKYOPOP!

ShoCo Cards

ShoCo Card steht für **SHOJO Co**llectors Card.

Seit April 2014 erscheint jeden Monat ein neuer SHOJO Top-Titel, dem in der Erstauflage eine ShoCo Card zum Sammeln beiliegt. Außerdem erscheinen zwischendurch auch ganz spezielle ShoCo Cards – wie zum Beispiel die Halloween ShoCo Card im Halloween Pack von Scary Lessons!

Die Vorderseite ziert eine hübsche Illustration zum jeweiligen Manga und auf der Rückseite findest du einen Steckbrief und Infos zu der entsprechenden Mangaka.

Auf dieser Seite erfährst du, in welchen Manga die begehrten **ShoCo Cards** beiliegen und in welchem Monat sie erscheinen. Aber beeil dich, wenn du alle Karten sammeln möchtest: Nur in der Erstauflage sind die Karten enthalten!

Alle   ShoCo Cards

Januar 2021: Check Me Up!, Band 01

Dezember 2020: Die Geschichte vom Untergang unserer Liebe, Band 01

November 2020: Lovesick Ellie, Band 03

Oktober 2020: Verliebt in die Nacht, Band 01

November 2020: Ein Kuss reinen Herzens, Band 01

Oktober 2020: Do something bad with...

Seite durchsuchen...   LOS

✉ **Kontakt**

Du erreichst uns jederzeit unter:
iloveshojo@tokyopop.de.

📷 **Instagram**

Mehr laden...

Neue Fragen aus der Community

Interviews, Fanart, ShoCo Card Übersicht und noch vieles mehr erwarten euch!

Drei hübsche Schuber mit Wechselcover!

Die i♥Kayoru Box 3 enthält:
Die Blüte der ersten Liebe
Zusammen mit Dir
Leuchtend wie Yukis Liebe

Entdecke jetzt die Einzelbände von Kayoru!

Die i♥Kayoru Box 1 enthält:
Du + Ich = Wir
Ich hab dich stets geliebt
Blutige Liebe

Die i♥Kayoru Box 2 enthält:
Ballerina Star
Eine reizende Braut
Verrückt nach Erdbeere

Austauschbare Inlays!
Gestalte die Schuber, wie sie dir am besten gefallen!

Leseproben, Poster, interessante Artikel und alle Infos zum aktuellen Programm – mit unserem Magazin bist du immer bestens informiert!

Gratis!

Ausgabe 03/2021 – November 2021 – Februar 2022

TOKYOPOP®

Gratis!

The Grandmaster of Demonic Cultivation

Mo Xiang Tong Xiu

Die erste chinesische Light Novel

Entdeckt unser Winterprogramm

Ausgabe 02/2022, Juli 2022 – Oktober 2022

TOKYOPOP® Yomimono

Gratis!

Der Start vom Manga:
Call of the Night

Neue Light Novel:
Is it Wrong to Try to Pick Up Girls in a Dungeon?

Ausgabe 01/2022, März 2022 – Juni 2022

TOKYOPOP® Yomimono

Gratis!

Fushigi Yuugi, Assassins Creed, neue Light Novel!
Wir feiern die 100. ShoCo Card!

Fushigi Yuugi

Yuu Watase

Im Handel und auf tokyopop.de

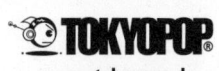

SIRUPSÜSSE SÜNDE

Kayoru

Nur eine Wette oder doch die wahre Liebe?

Kaede ist ein Playboy, wie er im Buche steht! Da er ständig
auf der Suche nach neuen Abenteuern ist, wetten seine
Kumpel, dass er es nicht schafft, Tsukiko ins Bett zu kriegen – ihre 27-jährige Englischlehrerin! Diese ist immerzu
bemüht, die perfekte Frau zu verkörpern, doch in Wahrheit
ist sie eine totale Chaotin und trinkt gern ein Glas zu viel.
Ob Kaede ihre schlechten Angewohnheiten ausnutzen wird,
um sie ins Bett zu kriegen?

www.tokyopop.de

ZUM GLÜCK BEI DIR

Rika Enoki

Priester, Nachbar, Herzensdieb!

Die 16-jährige Yae zieht für ein ganzes Jahr von Tokyo aufs Land. Schon am ersten Tag in ihrer neuen Heimat begegnet sie einem charmanten Mann namens Oda, der sich nicht nur als Priester des örtlichen Schreins, sondern auch als ihr Nachbar herausstellt! Um Yae den Einstieg in ihr neues Leben zu versüßen, bietet er ihr seine Hilfe und sogar einen Job als Schreinmädchen an. Yae ist Oda sehr dankbar, doch schnell wird ihr bewusst, dass er mehr von ihr will ...

www.tokyopop.de

BLIND VOR LIEBE
Mio Mamura

Antrag auf den ersten Blick

Sena hat es wirklich nicht leicht! Während ihre Mitschülerinnen ihr Leben an der Highschool genießen, arbeitet sie nebenher als Reinigungskraft, um den Schuldenberg ihres Vaters abzubauen. Als sie in einem Firmengebäude auf den jungen Chef des Unternehmens, Kei Ogasawara, trifft, macht der ihr augenblicklich einen Heiratsantrag. Ein Schock! Doch er bleibt hartnäckig und zieht sie immer weiter in seine High-Society-Welt hinein. Könnte es sein, dass sie ihn schon länger kennt?

www.tokyopop.de

SEXY SHORT STORIES
Ai Hibiki

»Ich wusste gar nicht, dass du so sexy bist!!«

Aki ist schon seit Langem in ihren Kindheitsfreund Hayato verliebt. Plötzlich bietet sich für sie die Möglichkeit, in seinem neuen Filmprojekt die Hauptrolle zu übernehmen. Es handelt sich allerdings um einen erotischen Kurzfilm! Ist das endlich die Gelegenheit, sich Hayato von einer anderen Seite zu zeigen und ihn womöglich zu verführen? Fünf süße, erotische Kurzgeschichten über die Liebe, Lust und Leidenschaft aus der Feder von *Dein Verlangen gehört mir*-Autorin Ai Hibiki!

www.tokyopop.de

UNWIDERSTEHLICHER S
Ai Hibiki

Ich werde eine vorzügliche Liebhaberin!

Da ihr Vater hoch verschuldet und die Mutter sehr krank ist, beschließt Miku ihre Familie aus der finanziellen Notlage zu befreien. Sie will sich einem reichen Verwandten als Mätresse anbieten, wird jedoch bereits an den Toren des Anwesens vom Butler abgewiesen, da sie zu unerfahren sei. Was Miku an Kenntnissen in Sachen Liebe fehlt, gleicht sie jedoch mit Hartnäckigkeit aus. Und so muss sie sich ausgerechnet von dem gut aussehenden Butler Sogo »Liebesunterricht« erteilen lassen, um die Position der Liebhaberin zu ergattern ...!

www.tokyopop.de

KÜSS MICH RICHTIG, MY LADY!

Kayoru

Liebe, Luxus, Leidenschaft

Nene weiß, was sie will, und sie bekommt, was sie will. Vor allem von Sakuma, ihrem persönlichen Butler. Schon als Nene ein kleines Mädchen war, las er ihr jeden Wunsch von den Augen ab. Auf die Erfüllung eines bestimmten Wunsches wartet Nene jedoch vergeblich: eine romantische Liebeserklärung. Als Nenes Vater plötzlich mit einem Verlobten für sie vor der Tür steht, fasst sie einen Entschluss: Wenn sie jetzt schon die Rolle einer Ehefrau ausfüllen soll, dann bitte vorbereitet! Und kein anderer als Sakuma soll sie dabei anleiten …

www.tokyopop.de

LIEBE KENNT KEINE DEADLINE!
VERRÜCKT NACH EINEM MANGAKA

Kayoru

Verführerisch-freche Highschool-Lovestory à la Kayoru!

Ichika, hübsche Tochter aus reichem Hause, scheint das Sinnbild der perfekten Schülerin zu sein. Was jedoch kaum jemand weiß: Sie ist ein leidenschaftlicher Otaku und gibt sich in ihren Tagträumen schönen Mangahelden hin. In die Realität holt sie der Rowdy Subaru zurück, der sie nach einem Streit plötzlich verschleppt und sich kurz darauf als ihr Lieblingsmangaka vorstellt ...!

www.tokyopop.de

DEINE TEUFLISCHEN KÜSSE

Kayoru

Teuflisch-süße Highschool-Lovestory à la Kayoru!

Als Mokas Vater seinen Job verliert und die ganze Familie
plötzlich kein Dach mehr über dem Kopf hat, kommen sie dank
Mokas Klassenlehrer Herrn Onimiya, Spross einer reichen
Unternehmerfamilie, an eine günstige Wohnung. Auf Geheiß
ihrer Verwandten soll Moka allerdings bei ihrem Lehrer wohnen – in der Hoffnung, dass sie sich verlieben und später heiraten. Doch der geliebte Lehrer ist in Wirklichkeit ein Teufel, der
sie bei jeder Gelegenheit schikaniert ...

www.tokyopop.de

BITE MAKER
Miwako Sugiyama

Der erste Shojo-Manga im Omegaverse!

Mit den Genen eines Alphas und einzigartigen Fähigkeiten aus-
gestattet, liegt dem smarten Nobunaga das Tokyo der Zukunft
zu Füßen. Ein Los, das nur einer von 100.000 Menschen zieht!
Obwohl er scheinbar alles haben kann, verzehren sich sein Körper und Geist nur nach einer Person: einer Omega. Auch das
Leben der hübschen Noel wird von der Sehnsucht geprägt. Wie
gern würde sie ein ruhiges Dasein als Beta führen. Als sie jedoch
per Zufall auf Nobunaga trifft, begreift sie, wie sehr ihre Gene ihr
Schicksal bestimmen ...

www.tokyopop.de

DEIN VERLANGEN GEHÖRT MIR
Ai Hibiki

Nichts als Sex im Kopf!

Frauenheld Mahiro und Musterschülerin Rei leben durch die Heirat ihrer Eltern ab sofort unter einem Dach! Da Mahiro hobbymäßig in jeder freien Minute mit Mädchen zusammen ist, zieht er sich den Zorn von Rei zu, die ihn deswegen offen kritisiert. Dafür will er sich rächen, doch damit nimmt das Unheil seinen Lauf, denn jetzt lässt Rei ihm keine ruhige Minute mehr ...!

www.tokyopop.de

DO SOMETHING BAD WITH ME
Haru Aoi

My Bucket List of Love

Wer Hilfe benötigt, ist bei Musterschülerin Towako bestens aufgehoben, denn sie ist freundlich, ordentlich und hilfsbereit. Vorausgesetzt man ist ein Mädchen, denn Towakos Hass auf Jungs ist schulbekannt! Gerade frisch an der Highschool, lernt auch der hübsche Yui ihre kühle Art kennen. Als ihm Towakos Notizen in die Hände fallen, erfährt er ihr Geheimnis: Nur zu gern würde sie mit einem Jungen unanständige Sachen machen ...

www.tokyopop.de

CHECK ME UP!
Maki Enjoji

Diagnose? Liebe!

Als Nanase gemeinsam mit dem jungen Arzt Dr. Tendo das Leben einer alten Dame rettet, ist es um sie geschehen: Diesen attraktiven Helden muss sie wiedersehen! Sie schlägt die Laufbahn der Krankenschwester ein und landet sogar in derselben Klinik wie Dr. Tendo! Doch die Begegnung verläuft anders als gedacht. Statt auf einen charmanten Arzt trifft sie auf einen dämonischen Mediziner, dem die Kollegen wegen seiner ruppigen Art aus dem Weg gehen. Nanase lässt sich jedoch nicht einschüchtern und bietet ihm mit frechen Sprüchen die Stirn!

www.tokyopop.de

ALLE SIND IM HOCHZEITSWAHN

Izumi Miyazono

Ja, ich will (nicht)!

Die erfolgreiche und frisch getrennte Bankangestellte Asuka träumt davon zu heiraten. Doch irgendwie will sich kein passender Partner finden. Als schließlich mit Fernsehsprecher Ryu ein aussichtsreicher Kandidat auftaucht, wird es kompliziert. Denn der lehnt eine Hochzeit klar ab! Aber Gegensätze ziehen sich ja bekanntlich an ...

www.tokyopop.de

PROMISE CINDERELLA

Oreco Tachibana

Mein Leben, meine Spielregeln!

Hayame hat schon seit ihrer Kindheit einen starken Sinn für Gerechtigkeit, welcher sie immer wieder in Schwierigkeiten bringt. Als sie von der Affäre ihres Mannes erfährt, stellt sie ihn zur Rede – und wird prompt von ihm auf die Straße gesetzt. Arbeits- und obdachlos versucht sie, ihr Leben zurückzuerkämpfen. Dann lernt sie den verwöhnten Highschool-Schüler Issei kennen, der ihr Geld und eine Unterkunft anbietet. Das Ganze hat jedoch einen Haken: Sie muss dafür nach seiner Pfeife tanzen! Hayame willigt ein, spielt jedoch nach ihren eigenen Regeln ...

www.tokyopop.de

STOPP!

**Dies ist die letzte Seite des Buches!
Du willst dir doch nicht den Spaß verderben
und das Ende zuerst lesen, oder?**

Um die Geschichte unverfälscht und original-
getreu mitverfolgen zu können, musst du es
wie die Japaner machen und von rechts nach
links lesen. Deshalb schnell das Buch um-
drehen und loslegen!

So geht's:

Wenn dies das erste Mal sein
sollte, dass du einen Manga
in den Händen hältst, kann dir
die Grafik helfen, dich zurecht-
zufinden: Fang einfach oben
rechts an zu lesen und arbeite
dich nach unten links vor.
Viel Spaß dabei wünscht dir
TOKYOPOP®!